Luís Fernando Milléo

CONTOS PARA JOVENS E ADULTOS
baseados nas fábulas de Esopo

Moura SA

Luís Fernando Milléo

CONTOS PARA JOVENS E ADULTOS:
baseados nas Fábulas de Esopo

EDITORA MOURA SA

Curitiba - Brasil

2016

Copyright © da MouraSA Ltda.
Editor-chefe: Railson Moura
Diagramação e Capa: MouraSA
Revisão: O Autor

CIP-BRASIL. CATALOGAÇÃO-NA-FONTE
SINDICATO NACIONAL DOS EDITORES DE LIVROS, RJ

M591c

Milléo, Luís Fernando
  Contos para jovens e adultos: baseados nas fábulas de Esopo / Luís Fernando Milléo. - 1. ed. - Curitiba, PR: MouraSA, 2016.
  76 p.

  Inclui bibliografia
  ISBN 978-85-444-0668-7
  DOI 10.24824/978854440668.7

  1. Fábulas gregas - Adaptações. 2. Conto infantojuvenil brasileiro. I. Título.

15-27769   CDD: 028.5
                                              CDU: 087.5
03/11/2015   03/11/2015

2016
Foi feito o depósito legal conf. Lei 10.994 de 14/12/2004
Proibida a reprodução parcial ou total desta obra sem autorização da MouraSA
Todos os direitos desta edição reservados pela:
MouraSA
Tel.: (41) 3039-6418

Dedico este livro a estas mulheres maravilhosas.
Patricia, a companheira de todas as horas;
Gabriela e Júlia, as filhas amorosas que nos
ensinam o verdadeiro sentido da felicidade.

SUMÁRIO

PREFÁCIO.. 9

Conto: A Vida no Formigueiro!
Inspiração: A Formiga e a Cigarra 11

Conto: Em nome do pai, do filho e das uvas!
Inspiração: A Raposa e as Uvas................................ 17

Conto: Escola da Vida!
Inspiração: O Rato e o Leão 25

Conto: Lentamente Veloz!
Inspiração: A Lebre e a Tartaruga............................ 37

Conto: Pastoreio de Emoções!
Inspiração: O Garoto Pastor e o Lobo! 43

Conto: Relação de Ouro!
Inspiração: A Galinha dos Ovos de Ouro 51

Conto: Equilíbrio de Forças!
Inspiração: O Burro e o Cavalo 59

Conto: Ferroadas da Vida!
Inspiração: O Urso e as Abelhas............................... 67

SOBRE O AUTOR... 75

PREFÁCIO

O Fefo (como o menino dentro dele é chamado) é um daqueles sábios que se escondem atrás de um manto de humildade e gentileza. Quando compartilha seus sonhos, é melhor prestar muita atenção. Quando ensina algum conceito da psicologia ou da educação, ficamos ali, de boca aberta, ou melhor, de ouvidos abertos para não perder detalhes importantes. E quando escreve somos raptados por suas linhas e transportados a um mundo de fantasias, reflexões e ensinamentos que nos fazem pensar na vida, na humanidade e na forma como aprendemos uns com os outros.

Este livro pode parecer que foi escrito para crianças, no entanto fala de mim, de você, de nós todos, humanos. E isso é simplesmente sensacional. Quando li as primeiras fábulas pensei: *"Cara, é muito complexo para uma criança e muito simples para adultos"*. Mas esse sentimento logo desvaneceu, pois percebi que cada texto, cada ensinamento, cada ironia presente nas histórias escondia uma profundidade que certamente escapa numa leitura rápida, tornando muito prazerosa uma necessária releitura.

Depois de ler cada história e me deliciar com as brincadeiras que o Luís Fernando Milléo insere nos diálogos, concluí, paradoxalmente, que sim, o livro é para crianças! Foi escrito especialmente para a criança que existe dentro de cada um de nós. Então o "menino" Marcos leu tudo de novo. E se deliciou com as histórias.

Que sua criança interior possa ler e divertir-se. Boa leitura.

Marcos Meier

Conto: A Vida no Formigueiro!
Inspiração: A Formiga e a Cigarra

Finalmente os miúdos puderam passear no parque. Sábado diferente! Desde que aprenderam a andar, não fizeram outra coisa, senão andar. Andar no formigueiro. Naquele dia, não importava a condição climática. Chuva, frio, sol, calor ou vento. Promessa de pai é promessa de pai. Ele, trabalhador inveterado que já havia falhado tantas outras vezes...

A vida no formigueiro estava caótica. Era crise para um lado e crise para o outro. A marolinha virou marolão. As aves de cá já não gorjeiam como as de lá. Estão caladas. Silenciosas. Aturdidas com as altas. E se "eles" começarem a cobrar pelos cantos?

Os quatro iam, um atrás do outro, pela trilha inédita. Família unida! De repente, movimentação estranha! O que será esta agitação? As folhas tremem! Poeira se levanta! Gotas gotejam!

O pai, como sempre, o mais comedido, toma à frente.

— Fiquem aqui abaixados. Vou ver o que está acontecendo.

Estranho, muito estranho! Jamais imaginei encontrar alguém por este caminho, pensou ele, com sua racionalidade peculiar. Mais alguns passos silenciosos e **BAM**!

O solavanco em suas costas foi tão forte que suas pernas falharam e sua barriga encostou definitivamente no chão. Seus olhos não enxergam, mas seus ouvidos ouvem. Risadas se espalham pela mata.

— Você precisava ver sua cara de desespero! Grita a voz que parece ter vindo de trás.

— Mas o que está acontecendo aqui? Levanta-se velozmente o pai, utilizando a força de todos os seus pés.

Ao se virar, não pôde deixar de achar graça do ocorrido.

— Eu não acredito! Você...? Há quanto tempo nós não nos víamos? Você quer me matar do coração? Já não basta os sustos na "empresa" e você ainda me prega uma peça dessas...

Os amigos se encontram num longo e fraterno abraço. Braços se entrelaçam!

— Me deixe chamar a família. Queriiiiiida, meniiiiiinos, podem vir, vocês não vão acreditar quem eu encontrei.

As crianças não demoram a brincar juntas pelos galhos e folhas. Elas curtem a natureza, apesar dos *gadgets*.

O dia a dia no formigueiro não tem estado tão verde ultimamente. As mães, cuidadoras naturais e fiéis à espécie, não demoram a sair em busca de quitutes para o lanche da turma. Os amigos se engajam em uma conversa reveladora, exatamente onde o último encontro havia terminado muitos anos antes.

— Você sabe de uma coisa, amigão. Aprendi uma bela lição em seu formigueiro. Passei a cuidar mais do meu dia a dia a fim de garantir um futuro melhor.

— Fico contente que a má experiência de outrora o tenha feito refletir. Nossa rainha não tolera corpo mole. Temos que acumular!

— E a vida no formigueiro?

— Nada fácil! Com a crise nos outros formigueiros do lado de lá do rio, tivemos que intensificar nossa jornada de trabalho para socorrê-los. Globalização! *Royalties*! Trabalhamos dias, noites, tardes, manhãs, feriados, férias, em casa, no trabalho. Vendemos, vendemos e vendemos. Precisamos girar a roda! Tudo parecia ótimo. Os últimos cinco anos foram de verdadeiro milagre. Cinquenta anos em cinco! Nosso formigueiro, jamais viveu tamanha expansão. Tivemos apenas que lidar com alguns pequenos probleminhas. Contratempos decorrentes do progresso. Algumas formigas se estressaram bastante durante este período, gastamos mais do que de costume com os antidepressivos!

— Mas e agora com a crise, como vocês estão fazendo?

— Os outros formigueiros parece não estarem em condição de nos ajudar da mesma forma que fizemos por eles, ou seja, teremos de nos virar sozinhos e, por isso, trabalhamos dias, noites, tardes, manhãs, feriados, férias, em casa, no trabalho. Mas agora não vendemos, não vendemos e não vendemos. A roda emperrou!

— Mas, me conte de você. Chega de importuná-lo com os meus probleminhas. Quero saber como você atravessou aquele inverno. Muitos, lá no formigueiro, acharam que você sucumbiria ao frio.

— Pois é. Não foi nada fácil. Tive que parar por um tempo com minha cantoria. Precisei rever a minha vida. Investi em mim, em meus talentos e segui meu coração. Entendi que a vida que eu tanto desejava não se encontrava tão distante assim. Virei budista!

— Não sabia que você era afeito à religião!

— Budismo não é religião. Está mais para filosofia. Filosofia de vida. Ensina o nobre caminho, o caminho do meio. Nem muito pra lá, nem muito pra cá. Trabalhar e viver. Não só trabalhar, não só viver. Foi isso que aprendi. Tenho levado minha vida assim já há alguns anos. Sabe que até parece que rejuvenesci. Ninguém me dá a minha verdadeira idade.

— Realmente notei que você parece mais jovem do que da última vez que nos vimos. E a cantoria? Continua a cantarolar?

— Mas é claro! Não vejo razão para viver se não puder, de vez em quando, soltar meu vozeirão. ÓÓÓÓÓ FÍÍÍÍÍGAROOOO...!

— E você? Seus *hobbies*? Tem se exercitado ultimamente? E as aulas de piano. Piano a quatro mãos, lindo!

— Hobbies? Exercícios? Piano? Não temos tempo para essas bobagens lá no formigueiro. Lá tudo é para ontem! Estamos cada vez mais atolados de trabalho. Para nós, a coisa está tão acelerada que um minuto só tem trinta segundos. Só saí para passear com a família hoje, porque negociei a folga com o chefe e porque a patroa me deu um ultimato.

— Nem mesmo uma leiturinha de vez em quando? Você adorava livros...

— Quem me dera ler livros! Só tenho tempo para os

e-mails, *whatsapps*, postagens no *face*, *linkedin*, memorandos de *market share*, e, de vez em quando, um ou outro anúncio de emprego nos formigueiros vizinhos. Se o mar não está para peixes, a terra não está para formigas.

— *Namastê*, meu amigo! Pelo menos vamos aproveitar nosso fortuito encontro e nos divertir...

Na volta para casa...

— E então querido, sobre o que tanto vocês conversaram? O que o senhor Cigarra lhe contou?

— Sabe querida... Tenho pena do amigo cigarra. Não aprendeu absolutamente nada sobre a vida! Ainda é um sonhador, acredita que vai mudar o mundo. Tem grande dificuldade em se adaptar. Insiste em ficar cantando em plena crise. E ele ainda acha que... que...que... Aiiiiiii! Meu tórax!

E finalmente o coração do seu Formiga sucumbe a tanto progresso!

Conto: Em nome do pai, do filho e das uvas!
Inspiração: A Raposa e as Uvas

Neto! Era como todos o chamavam. Como se carregar o nome do próprio pai não fosse pesado o suficiente, ele ainda tinha que lidar com a envergadura do nome de seu avô. O pai do papai! Raposas na mais pura acepção da palavra! Fortes, astutas e, sobretudo obedientes.

Neto era diferente de sua família! Era diferente de seus amigos! Sempre preferiu a leitura às extravagâncias atléticas. Nunca apreciou comidas gordurosas e tinha horror a molho pardo. Detestava doces, quitutes e guloseimas. O que ele gostava mesmo era de folhas. Verdes claras, escuras, brancas e de todas as cores. Folhas para degustar com a boca e folhas para apreciar com os olhos e com a imaginação. Folhas?

— Onde já se viu gostar de folhas? Filho meu tem que comer carne, de preferência malpassada. O sangue tem que fazer cócegas nos pelos da bochecha. O cavanhaque tem que coçar depois da refeição! É assim que nos alimentamos. Tradição passada de pai para filho!

— Será que você nunca percebeu que nosso filho é diferente?

— Diferente? Diferente de quem? Diferente como?

— Diferente do seu pai, do seu avô, do seu bisavô e de todos os outros. Diferente de você... Ele é tímido, valoriza sua interioridade e não se preocupa com estereótipos.

— EstereoQUÊ...? Para mim isso não importa. É seu dever continuar com a tradição... Terá que fazer como todos os Silvas o fizeram. Você sabe há quanto tempo mantemos esta tradição em minha família?

— Você está se referindo a arrancar a maior uva, do galho mais alto, da parreira mais imponente... A tradição de ser considerado uma lenda?

— Essa mesma! Meu bisavô o fez, meu avô o fez, meu pai o fez, eu o fiz, e agora chegou a hora de meu único filho fazê-lo.

— Há controvérsias...

— Chega de papo furado mulher. Tradição é tradição! Na manhã do décimo quinto aniversário não há escapatória. Nem um dia a mais. Um salto para a glória! Jamais seríamos o que somos, não fossem todos aqueles saltos. Ninguém nos respeitaria...

Alheio à provação que o aguardava, Neto se banha demoradamente na banheira de água escaldante. Entre um mergulho e outro, brinca com sua imagem refletida nas bolhas de sabão que flutuam com o chacoalhar da água. Cantarola baixinho para ninguém ouvir. Quanta felicidade a água quente pode proporcionar.

"Há tanto tempo que não tenho onde morar. Se é chuva apanho chuva, se é sol apanho sol. Francamente pra viver nessa agonia, eu preferia ter nascido caracol."

Só recobra sua atenção quando escuta o ranger estridente dos degraus da velha escada. A madeira assovia ritmadamente pressionada pelo impacto das pisadas. O barulho se intensifica! Neto não se mexe! A pancada na porta é tão forte que a poeira sobre o caixilho se solta e se dissipa no ar.

— Neto, por que tanta demora no banho? Sai já daí! Precisamos conversar...

— Um minutinho papai... Já estou terminando.

Foi a primeira vez que seus olhos repousaram sobre a caixa. Os detalhes em prata nas laterais contrastavam com o preto opaco de suas faces. Se não existem quadrados perfeitos na natureza, aquela caixa era o que mais se aproximava de um. Seis faces, doze arestas e oito vértices milimetricamente simétricos. Ângulos respeitosamente retos. Bordas arredondadas lhe conferiam uma atmosfera mais aprazível, menos rude.

Seu pai a segurava com tamanho cuidado e zelo, que o menino não se lembra de ter sido ele próprio digno de tanto carinho e atenção. Ela cabia confortavelmente em ambas as mãos. Mãos juntas como em uma oração...

— Você sabe o que é isso, meu filho? Pergunta o pai, medindo os esforços vocais, como se não quisesse perturbar a divindade da caixa com seu vozeirão empostado.

— Não pai! Responde Neto, com os olhos vidrados no metal prateado. Hipnotizado pelas cores refletidas.

— Esta caixa está em nossa família há várias gerações. Aqui dentro guardamos o nosso maior tesouro.

— Maior tesouro? Indagou o quase adolescente. Por um instante chegou a pensar quantas notas poderiam ser guardadas em tão diminuto artefato.

— Sim, meu filho. Um tesouro que tem sido passado de pai para filho. Um tesouro de inestimável valia. Um tesouro que representa a tradição de uma família.

Neto já não se aguenta de tamanha curiosidade e quase desfalece quando seu pai retira do bolso superior de sua camisa polo, uma minúscula e enferrujada chave. Em uma mão a caixa. Na outra, a chave. Ambas se cortejam num angustiante balé. Correm no início da dança e, à medida que se aproximam, se abraçam em encaixe perfeito.

A chave gira, gira, gira e gira. A caixa, resoluta no início, se deixa levar por seu par e explode em alegria. Aberta!

Neto estica-se nas pontas dos dedos. Seus olhos ultrapassam o limite da face aberta e finalmente pousam sobre o conteúdo... Seus olhos se espremendo e a curvatura esticada de seu pescoço não deixam dúvidas... Ele não compreende o que vê!

— O que é isso, papai?

— Nosso maior tesouro...

— Mas não passam de uvas ressecadas... Bem velhinhas por sinal.

— Blasfêmia! Esse é o maior tesouro que uma raposa pode conquistar. A Admiração... Somos o que somos, respeitados, admirados, porque fizemos o que mais ninguém fez.

— E o que vocês tiveram que fazer?

— Saltar! Querer! Mais alto do que todos. Com mais vontade do que todos. É isso o que acontece quando completamos o nosso décimo quinto aniversário. Vamos ao parreiral mais longínquo, mais alto, mais desafiador e lhe surrupiamos a sua melhor uva... E com isso ganhamos o respeito e a admiração dos outros. É exatamente isso que você fará amanhã cedinho. O dia do seu décimo quinto aniversário.

— Mas pai, eu nem gosto de uvas...

— Você não precisa gostar! Não se trata de gostar! Trata-se de cumprir sua vocação. Seguir nossa tradição. Ser respeitado e admirado.

— Mas... mas... Mas eu não quero seguir essa tradição idiota. Eu não preciso de respeito, admiração. Eu já sou muito feliz com o que eu tenho, com o que eu sou. Eu não quero o que os outros querem... Eu quero o que eu quero...

— E o que você quer? Passar o resto de seus dias lendo... Estudando...? Para quê? Para ser artista? Professor? Eu jamais ouvi uma besteira tão grande em minha vida. Você tem que querer o que nós quisemos. Todos nós! Seu bisavô, seu avô... Respeito meu filho. Admiração! É isso o que temos que querer. Não somos nada sem isso.

— Mas pai...

— Amanhã cedo, logo nos primeiros raios do sol, você vai pular. Pular como nunca. Pular como todos nós pulamos. E vai encher nossa família de orgulho...

O cacarejar das galinhas anuncia o novo dia. Júnior, o pai, corre em direção ao quarto do filho. Ao se aproximar da maçaneta, a porta se abre sozinha, como se fora encantada.

A cama vazia, arrumada, não deixava dúvida. Neto, fugiu, desapareceu... Decidiu viver sua própria vida.

O pai cerra os olhos, as lágrimas sulcam sua face como a lava de qualquer vulcão o faz com a mata adjacente. Esfrega o rosto ardente e úmido e... Sorri!

Volta para o quarto e, em seu último pensamento antes de adormecer novamente, agradece aos céus pela coragem do filho. Neto acaba de ganhar seu respeito e sua admiração.

Conto: Escola da Vida!
Inspiração: O Rato e o Leão

Por mais que seu pai tentasse estabelecer um diálogo com ele, Renato sempre se mantinha quieto. Parecia se deleitar com o silêncio. Ouvir era seu verdadeiro talento. Ouvia com tanta atenção que as notas em seu boletim tangibilizavam quantitativamente sua capacidade de concentração.

O dez, a nota perfeita, saltitava por todos os cantos do encarte. Os professores, entretanto não sabiam muito mais do rapaz do que os números assinalavam. O ratinho jamais abria a boca. Em uma sociedade que lhe impõe tomada de decisão e opinião formada, ele poderia ter grandes problemas.

A única que parecia não se preocupar com a mansuetude do rapaz era sua mãe. Percepção de mãe é sempre diferente. É única! Se comunicavam pelo olhar. Pela janela da alma ela sabia o que ninguém imaginava. Ele estava bem. Apenas preferia a quietude à malversação dos recursos intelectuais expressos através da prolixidade.

O pai, preocupado com o futuro.

— Um dia esse menino terá que falar. E se ele travar na hora que mais precisar?

A mãe, serena pelo presente.

— Ele se sairá tão bem quanto qualquer um dos falantes. Está tudinho guardado lá dentro. Dentro da cabecinha dele. Quando ele mais precisar, ele saberá o que fazer. Vai se posicionar com rara habilidade. Tenho certeza!

O pai franze a testa.

— E como você sabe disso? Por acaso ele te falou? Ele não fala com ninguém! Se ele não abre a boca nem aqui em casa, conosco, que somos sua família, como é que ele vai falar com os estranhos?

A mãe sorri com os olhos

— Ele pode até não falar, mas isso não quer dizer que ele não se comunica. Seus olhos me sinalizam. Eu sei o que se passa lá dentro. Você precisa aprender a conversar com ele. Vá até ele, marque um encontro na esquina de seu mundinho. Não espere que ele venha até você. Você é o pai. É seu dever criar o canal de comunicação com seu filho e não o contrário.

Os dias se sucedem e a angústia petrifica-se na feição do pai. O silêncio do "rapaz" lhe causa incômodo auditivo. Descrente e não satisfeito com a opinião da mãe, resolve, então, testar o ratinho na vida real. Propõe uma viagem só para os dois. Visitar o lado escuro da floresta! Teriam de lidar com as adversidades do caminho e com a inevitabilidade dos acontecimentos. Aproximaria a dupla e seria uma bela oportunidade do pai lhe ensinar algumas coisas sobre as verdadeiras provas da vida.

— Mas você escolheu justamente o lado escuro da floresta? Pondera a mãe, demonstrando preocupação com o itinerário da saga.

— Exatamente! Esse menino precisa de um tratamento de choque. Vamos enfrentar o desconhecido e quero ver como ele reage. Vou aferir seu comportamento em provas de verdade.

— Não me lembro de você já ter ido ao lado escuro...

— Isso não vem ao caso agora. Amanhã, quando os primeiros raios do sol deslizarem sobre o túnel de entrada de nossa toca, partiremos rumo à grande escola da vida. Lá ele aprenderá o que não se ensina nos livros.

Mochila amarrada às costas, naco de queijo suficiente para uma semana, lá se vai a dupla. No primeiro dia andam praticamente sem parar e alcançam os limites conhecidos. Renato se empolga com a beleza da vegetação. Fotografa mentalmente cada uma das diferentes paisagens que vê.

A noite cai! Uivos, grasnidos, coaxados e rugidos tomam conta da floresta. O pai se preocupa com o local de descanso. A esta altura são tantos os predadores lá fora que se esconder é a ordem da noite.

— Precisamos de um local seguro para repousar, filho. Não podemos simplesmente dormir ao relento. Não estou gostando nada dessa barulheira toda!

O pai anda de um lado para o outro sem saber o que fazer. O suor encharca seu pelo, turvando sua visão. O coração acelera. As pernas fraquejam. Renato expia o desconforto do pai e abaixa a cabeça. Parece refletir. Sem delongas, decide pela ação. Caminha em direção à árvore mais imponente do local. O pai congela e apenas observa. Não demora muito e o ratinho volta com duas folhas verdes enormes em suas costas. O pai não entende e o adverte.

— O que você está fazendo com essas folhas, meu filho. Não vai dizer que quer brincar justamente agora, será que você não percebe a gravidade da situaç...

Alheio ao vociferar do pai, Renato encosta parte de uma das folhas em uma trepadeira, fazendo com que a outra metade dela lhe sirva de tapete. Puxa a mochila das costas e retira um saco de dormir verde escuro que carregava consigo. Na hora em que deita sobre a folha, envolto em seu aparato de dormir, a camuflagem o torna invisível.

O pai fica boquiaberto com a sagacidade do menino. Renato então puxa outro saco de dormir e o arremessa em direção ao pai. Noite tranquila e inquietante. Renato dorme. Seu pai pensa...

Na manhã seguinte a temperatura amena é convidativa para mais algumas horas de sono. Quando o pai finalmente acorda é surpreendido pelo cheiro inebriante do café recém-passado. Mesa posta com frutas da redondeza e queijo. Ele continua a pensar...

Ambos se sentam frente a frente nos pequenos pedregulhos. Renato segura sua xícara como se fosse o dono da situação. Seu pai desjejua ainda sem saber exatamente de onde surgiu o fogo para o café e como seu filho conhecia tantas variedades diferentes de frutas. Prefere a quietude a perguntar. Pela primeira vez ele compartilha do silêncio do filho!

Prestes a se deliciar com os mirtilos, um crocitar agudo corta a mata. Alheio ao perigo, o pai continua com o deleite. Renato levanta apressado e, num só golpe, agarra o pai pelo pescoço e o carrega correndo rumo ao sombrio. Vários metros depois, param agachados!

— O que é isso meu filho? Quer me matar do coração. Por que tanto alvoroço? Para que essa correria toda? Bem quando eu ia começar a comer as frutas...

Renato olha para o pai e acena com o indicador sobre seus lábios como se implorasse por seu silêncio.

— E ainda por cima você quer que eu fique quieto? Quase quebra meu pescoço e quer eu me cale...

Renato trancafia a boca de seu pai com seus pequeninos dedos e aponta para o céu. Os raios do sol, que pedem passagem por entre os cipós, sucumbem encobertos pelas enormes asas de uma águia da montanha. Não fosse pelo conhecimento do som das aves de Renato, ambos a esta altura teriam virado café da manhã do predador oportunista. Eles mal têm tempo de comemorar quando a escuridão absoluta toma definitivamente conta do ambiente. A sombra nefasta que se projeta é tão grande que precisaria de um esquadrão inteiro de águias para conseguir tal efeito.

O rugido estrondoso não deixa dúvida. Escaparam da águia! Encontraram o leão!

— Ora, ora, ora... Mas que a sorte a minha! Se manifesta o sádico gatuno.

— E não é que meu café da manhã veio até mim... Dois ratinhos não atendem à quantidade de calorias que eu preciso a esta hora da manhã, mas essa parca refeição é melhor do que nada. O que vocês têm a me dizer antes de servirem como um tira-gosto matinal?

Renato permanece imóvel olhando fixamente para seu algoz. Seu pai tenta escapulir, mas tem seu rabo preso pela enorme pata do felino.

— Acho que vou começar os trabalhos com esse fujão aqui, pensa em voz alta o enorme leão.

O pai fecha os olhos e sua língua trava. Paralisa sem conseguir pensar ou falar enquanto os dentes delgados e pontiagudos de seu algoz brilham com a incidência da luz. Prepara-se para a mordida fatal quando a mata se estremece com o vozeirão barítono.

— **PARE!**

Os pelos se ouriçam!

— O que foi que você disse seu pirralho? Ironiza o marombado leão.

— Eu disse para você parar e soltar o meu pai. **AGORA!**

O leão ri pelos cotovelos.

— Será que você não vê o que está acontecendo aqui meu rapaz. Eu sou um leão e vocês são apenas dois ratinhos. Você acha que pode comigo. Me dê uma boa razão para eu não devorá-los neste instante sem perder meu precioso tempo com esta baboseira toda...

Renato se levanta sobre as patas traseiras. Parece triplicar em tamanho. Ainda assim uma gota em um oceano. Caminha vagarosamente em direção ao seu opositor e, com o dedo em riste profere suas justificativas.

— Quem não está analisando holisticamente a situação é o senhor, seu Leão. Será que Vossa Excelência não sabe que somos sua única saída. A sua fonte de sobrevivência. Se o senhor nos comer terá muito mais a perder do que a ganhar. Se satisfará por alguns minutos para logo em seguida dar adeus à vida.

O leão e o rato pai se olham sem entender absolutamente nada a respeito das ponderações de Renato.

— Esse seu filho tem algum problema? Questiona o leão, retirando o pai praticamente de dentro de sua boca.

O pai arregala os olhos, retorce a ponta dos lábios e espalma as mãos, abismado com a eloquência do filho.

— Você sabe qual é o seu problema seu leão?

O leão se confunde ainda mais com questionamento feito àquela hora do dia e simplesmente se cala.

— Foi o que eu pensei. O senhor não tem a menor ideia do que está prestes a acontecer não é? O senhor tem muito músculo neste seu corpo enorme, mas não usa muito bem a parte mais importante dele. A sua cabeça! Quando foi que leu um livro pela última vez?

O silêncio felino se prolonga.

— Pois é. Foram-se os tempos em que o senhor resolvia tudo na força bruta. Não sei se o senhor sabe, mas vivemos em plena era do conhecimento. O verdadeiro poder emana do saber. E se o senhor tivesse um pouquinho de conhecimento que fosse, saberia que não pode dispensar a ajuda de nós, os ratos.

— Ajuda dos ratos?

— Exatamente.

— Do que você está falando meu rapaz? Você ficou completamente maluco. Eu sou um leão e vocês são dois ratos. Eu sou forte! Vocês são fracos! Eu como vocês e ponto final. Vamos acabar de vez com esta ladainha.

— Wrong, wrong, wrong! Mais uma vez errado, Renato repete sacudindo seu indicador, em evidente sinal de negação. O senhor realmente deixa muito a desejar quando o assunto é de ordem intelectual. Deixe-me lhe mostrar os fatos a partir de outra perspectiva.

— Por favor, apresse a explanação porque agora realmente já estou começando a ficar com fome e além de vocês dois vou ter que comer mais uma zebra para saciar meu apetite, pondera o leão.

— Preste atenção, insolente animal. Você sabe em que mês estamos?

— Não tenho a menor ideia. Só me preocupo em comer e dormir.

— Estamos em agosto. Mês da caça aos leões. Dentro de horas, esta floresta estará apinhada de caçadores atrás de uma cabeça de leão que nem a sua, para estampar a parede da sala de visitas de uma casa chique. Como é que você espera escapar deles sem o conhecimento prévio em camuflagem.

— **Caflumagem?!?!**

— Não, CA-MU-FLA-GEM! O conjunto de técnicas e métodos que permitem a um dado organismo ou objeto permanecer indistinto do ambiente que o cerca. No seu caso, sua única saída para não perder a cabeça.

Os latidos dos perdigueiros tomam conta da mata.

— O que é isto? Exclama o leão.

— Isso é o som de sua cabeça sendo retirada de seu pescoço, caso não façamos um pacto neste instante. Nós o ajudamos a se esconder dos caçadores e você nos deixa ir embora em paz.

Acordo selado!

— Primeiro, precisamos achar fruta do conde em grande quantidade, grita Renato.

O leão responde prontamente apontando para o grande pomar da floresta.

— Subam em minhas costas, correrei o mais rápido que puder.

Os ratinhos se agarram à espessa cabeleira felina com toda a força. Os solavancos das passadas seriam capazes de arremessá-los ao espaço. Em minutos percorrem o trajeto que levariam dias para cobrir, caso optassem por andar.

Renato e seu pai escalam a árvore e, de pronto, roem os galhos que seguram a bendita fruta. As pinhas caem formando uma grande cascata esverdeada. Enquanto isso, Renato pede ao leão para sulcar o tronco de uma grande seringueira usando suas afiadas unhas.

Renato, então, banha o leão com o látex esbranquiçado da seringueira. Cola pronta, ele e seu pai retiram as escamas verdes das frutas do conde e as grudam cobrindo toda a extremidade visível da pele do leão formando um grande mosaico verde. O animal então se acomoda deitado junto às folhas caídas ao chão e, como em um passe de mágica, simplesmente desaparece!

O cheiro da fruta do conde misturada ao aroma proveniente do látex confunde os cães farejadores que levam os caçadores para o outro lado da floresta.

A toca treme! Mamãe rato receia por um deslizamento de terra e escapole o mais rápido que pode. Ao sair dá de cara com o enorme leão que ruge o rugido dos vencedores. Ela pensa no pior.

Renato e seu pai saem por detrás da vasta cabeleira felina e saúdam sua amada.

Já em seus aposentos o casal se prepara para dormir. O silêncio toma conta do quarto. O pai não sabe o que falar e a mãe...

A mãe já sabia de tudo, pois havia conversado com todos através dos seus olhares!

Conto: Lentamente Veloz!
Inspiração: A Lebre e a Tartaruga

O ranger agudo das dobradiças metálicas não deixava dúvida. Quanto mais elas se remexiam, mais a cama rosnava descontente com a agitação. No quarto do hospital, as duas amigas, lado a lado, elucubravam sobre a velocidade de suas vidas.

— E então, vamos apostar uma corridinha? Questiona Lara, alongando suas panturrilhas finas e pontiagudas, desejando poder saltitar pra frente e para trás. O corpo magro e esguio deixa ainda mais aparente as protuberâncias das fragilizadas costelas. — Eu mereço uma nova chance, protestava despretensiosamente!

Ambas explodem em gargalhada, subtraindo o restante de energia que seus pulmões permitem. Não fosse o gesso atrelado aos braços, elas já estariam na correria do dia a dia. Que hora para se chocarem na curva que levava ao riacho. Lara subindo a toda velocidade como sempre e Talita em plena descida escorregando em seu casco, surfando na clareira de pedregulhos. Resultado do encontro – quatro pernas quebradas, duas para cada lado.

Correr... Nesta situação... Quando mal podemos andar? Lara, eu sempre admirei o senso de humor das lebres, vocês são simplesmente hilárias, sussurrou Talita.

— Talita, posso lhe confessar uma coisa?

— Mas é claro, minha amiga.

— Eu adoraria viver tanto quanto vocês, as tartarugas. Sua espécie é realmente privilegiada. Cento e cinquenta anos não é para qualquer um! Fico imaginando quantas coisas maravilhosas se pode realizar com todo este tempo. Quantas amigas você fez? Quantos livros leu? Quantos lugares conheceu? Quantos amores conquistou? Quantos? Quantos? Quantos?

— Sabe de uma coisa Lara... Viver tanto assim pode não ser tão bom quanto você imagina. A quantidade de tempo nem sempre representa que vivemos com a qualidade que desejamos. Podemos nos tornar suas servas. A última vez que fui até a biblioteca, passei três anos e meio por lá, quase morri de fome... Quando resolvi sair para dar uma nadadinha ao redor da ilha quase surtei quando, na volta, minhas filhas já estavam casadas. A última vez que fizemos um almoço em família teve parente que levou mais de seis meses para chegar.

— E eu então. Só na festinha de *réveillon* nasceram três sobrinhos...

— Com todo o tempo do mundo, chafurdei tanto em determinados assuntos que perdi a oportunidade de conhecer mais sobre outras coisas. Por vezes ultrapassei o limite da concentração a ponto de me tornar obcecada. Somos tão lentas e metódicas para realizar as coisas que a bicharada já está achando que sofremos de TOC – transtorno obsessivo compulsivo. Pesquisei tanto sobre o mesmo tema que ao invés de me tornar uma *expert* acabei me tornando uma chata. Uma pregadora para convertidos. Queria ter aprendido mais cedo que os assuntos também se esgotam, que chegam a um limite! Devemos ter em mente que quando pretensamente os dominamos precisamos esquecê-los, até para não nos tornarmos vítimas de nossa própria sabedoria. Sabedoria em excesso, pode nos cegar! Sobrou profundidade e me faltou velocidade. **Sei muito sobre pouco!**

É por essa razão que eu... Eu trocaria metade dos meus anos pela sua velocidade. Como eu gostaria de ter sido tão veloz quanto você foi. Eu adoraria ter podido correr suficientemente rápido para sentir o vento descabelar minhas madeixas, passar rente ao meu casco beliscando minha armadura e formar um turbilhão revolto em minha cauda. Queria poder cruzar os campos floridos como um raio e me deixar hipnotizar com cada um daqueles aromas. Queria ter visto todas as paisagens nos lugares mais longínquos de nosso planeta. Queria ter saltado mais alto e mais longe. Menos, às vezes, é mais. Teria escolhido minhas atividades com mais critério.

— Como as coisas são engraçadas não é, minha amiga? Corri o mais rápido que pude, bati todos os recordes. Fui mais longe, mais alto e mais... do que qualquer um, mas em todos os meus seis anos de vida ainda acho que poderia ter realizado muito mais se tivesse tido a capacidade de me concentrar melhor, colocar mais foco em algumas das atividades que fiz. A pressa não me permitiu grandes mergulhos filosóficos. Acho que acabei ficando na superfície da vida.

Observei todos os amanheceres e pores do sol que pude, mas nunca os olhei realmente. Jamais os respirei. Não me dei o tempo necessário para senti-los em minha pele, em minha alma. Fiz muitas coisas, muito rapidamente e a sensação que tenho é que minha obra está incompleta. **Sei pouco sobre muito!**

E se caso pudesse começar tudo de novo, não apostaria mais corridas com você. Iria lhe propor para simplesmente andarmos. Andarmos lado a lado, em uma velocidade constante, nem tão depressa, nem tão lentamente. Mas sim, andar conversando! Aprendendo! Ensinando! Não seria maravilhoso, caso pudéssemos compartilhar nossas experiências?

— Sabe, Lara, eu acabei de completar 140 anos. Então tenho fácil mais uns dezinhos pela frente.

— Olha, Talita, eu já vivi seis anos e pouco. Graças a minha dieta rigorosa baseada em cenoura e aos meus exercícios físicos diários posso viver mais um pouquinho. Tenho pelo menos mais um ano pela frente.

Que tal, quando sairmos daqui, aproveitarmos melhor o tempo que nos resta?

Como de costume, não demorou mais do que alguns dias para Lara se restabelecer do encontrão. Seus ossos e músculos se recuperaram na mesma velocidade que ela imprimia a sua vida.

Já para Talita, foram dois anos de recuperação. Quando ela deixou o hospital sua amiga já havia dado a derradeira corrida. Pelo que se conta nos cantos da mata, Lara nunca mais correu como antes, preferiu andar. E andou, e conversou, e aprendeu e ensinou até o último de seus dias.

Já Talita...

Fez o mesmo!

Conto: Pastoreio de Emoções!
Inspiração: O Garoto Pastor e o Lobo!

Eleonora está cada vez mais incomodada com sua rotina diária. Até anteontem não sabia existir outra coisa na vida senão pastorear. Pastoreava as ovelhas e as emoções de seus pais. Eles, em constante pé de guerra usavam a menina como porto seguro de suas frustrações e incompletudes existenciais. Já não suportava mais ter de lidar com o peso das maledicências dos progenitores. Ela, que só desejava atenção...

Sua compreensão da vida se modificava rapidamente em um galopar frenético de hormônios e pensamentos. Seus pais, lobos narcisistas ensimesmados, preocupavam-se em lutar por poder e demarcar o território da relação e não percebiam as manifestas transformações da recém-chegada adolescência da filha.

Suas necessidades e desejos haviam mudado. Seus medos também. Seu corpo parecia não mais lhe pertencer. Todas as manhãs um novo martírio ao se confrontar com o espelho. A impessoalidade e o estranhamento à imagem refletida lhe causavam pavor. Seu estômago lacrimejava de dor se contorcendo em ondas inconstantes, alvo emocional da sucção do aspirador de pó epiléptico de sentimentos.

Os dedos dos pés pediam passagem para além das fronteiras diminutas da única sapatilha que ostentava em seu armário. As coxas se arredondavam a ponto do peso sobressalente exigir uma participação mais ativa dos tornozelos e joelhos para se locomover.

O quadril alargava-se ao seu bel prazer, transformando caprichosamente a retilineidade das bordas de menina em um conjunto piriforme de curvas e arredondamentos.

Os pelos, de todos os tipos, atacavam seu corpo como nuvens de gafanhotos famintos e sedentos, à espera da nova plantação. Os braços lhe eram seres estranhos, pois insistiam em não obedecer aos seus comandos, espalhafatosamente se digladiando com todas as quinas e saliências que, por ventura, ousassem atravessar o seu caminho.

Mas era a face seu maior problema. Simplesmente não mais se reconhecia. Encontrava-se toda manhã com uma nova versão de si mesma. Imaginou, então, o descompasso de viver assim pelo resto de seus dias. Sem saber quem realmente era!

Perdoou seus pais, ainda que apenas por alguns instantes, por achar que a maturidade não passava de um estágio inatingível da condição humana. Imaginou sentir as mesmas dores que eles sentiam. Ainda assim, se existe uma boa hora na vida para ser mesquinha e pensar em si mesma, essa hora é na adolescência.

As querelas paternas já não mais se limitavam a temas de relevância. A imaturidade conjugal chegava ao seu esplendor quando qualquer assunto era motivo para desentendimentos. Farelo de pão sobre a mesa; briga! Pasta de dente entreaberta na pia; briga! Descompasso financeiro entre ganhos e gastos; muita briga!

E no meio do turbilhão, Eleonora clamando por atenção! Pedindo desesperadamente por ajuda. O que ela podia fazer para atrair a atenção de dois adultos imaturos que de tão absortos em seus próprios mundos não valorizavam a mais ninguém senão às suas desviantes prioridades.

Resolveu traçar um plano auspicioso para, então, conquistar o espaço que merecia por direito. Pensou em guerrear, dividir para conquistar! Achou o plano um tanto preocupante, pois se os dividisse ainda mais, corria o risco de separá-los definitivamente.

Pensou em desacertar, unir para conquistar! Faria algo tão errado que seus pais não teriam outra escolha senão formar uma aliança para adverti-la. Ainda assim, corria o risco de após o imbróglio intencional ser apaziguado, contar com ainda menos atenção por parte dos entes queridos.

Foi quando finalmente um *insight* reluzente desanuviou seus pensamentos. Nem dividir, nem desacertar imaginou, mas sim, integrar! Mostrar aos imaturos jovens idosos que sem o suporte de ambos, ela não poderia, sozinha, passar por um momento tão angustiante da vida de uma pessoa.

Para atingir seu intento, ela tinha um compromisso moral consigo mesma. Não usaria de qualquer expediente que não fizesse parte de seu arsenal de valores. Mentir? Nem pensar. Enganar? Fora de questão. Ludibriar? Jamais.

Dessa forma engendrou seu plano alicerçado naquilo que mais acreditava poder mover um ser humano a realizar algo de positivo. Decidiu usar toda a força e poder da VERDADE. Não mediria esforços para fazer valer as coisas nas quais acreditava com toda a energia de sua alma. Tinha consciência de que passava por um momento difícil em sua vida e não poderia subjugá-lo, caso não contasse com a ajuda de seus pais, que pelo menos em teoria, deveriam saber mais a respeito da vida do que ela própria.

Para aprofundar seus conhecimentos resolveu enfrentar o tédio, utilizando o tempo de maneira mais produtiva, em consonância com seu objetivo. Aproveitou os momentos nos quais se dedicava a olhar as ovelhas para estudar a psique humana. Queria entender o motivo pelo qual os pais se ressentiam tanto um em relação ao outro, quanto em relação a si mesmos. Ajudaria os pais a ajudá-la.

Precaveu-se contra os nada eventuais distratores. Arranjou de pronto uma nova vestimenta para os pés. Uma sandália que fosse mais simétrica ao novo tamanho de sua extremidade podálica. Usou calças e mangas compridas para não ter que enfrentar o pesadelo ocasionado pela proliferação dos pelos. Deixou de se olhar no espelho por alguns dias. Queria que apenas a mente lhe dissesse quem realmente era. Assegurou desta forma que sua aparência não a desviasse de seu objetivo.

Leu, leu e leu! Releu e releu! Memorizou! Aprendeu! Entendeu! Compreendeu...

Assumiu a condição de terapeuta da família. A cada nova desavença lá vinha a moça discorrendo sobre uma teoria psicológica para refrear as emoções negativas afloradas nos pais. Tanto eram incomuns seus comentários que não demorou para que eles começassem a pensar sobre o que falava. De início acharam que a menina havia perdido o juízo. Não tiveram outra coisa a fazer, senão parar e começar a conversar sobre os "devaneios" da filha.

Como adolescentes em crise, pediam-lhe explicações mais compreensíveis, e uma a uma ela lhes ensinava sobre a existência humana e os desafios que a diferentes fases da vida nos impõem.

Explicou que em cada uma delas, somos interpelados por novas questões e que nem sempre chegamos às respostas com a facilidade que desejamos. O importante nem sempre era a velocidade do entendimento, mas sim o desejo de trilhar o caminho proposto por ele.

Os pais, que por sua vez, também não foram alvos da energia atencional de seus próprios pais, aos poucos perceberam o valor das relações humanas, principalmente aquelas estabelecidas no seio familiar. Entenderam que, ao invés de lutarem por rótulos e títulos, deveriam se preocupar com o essencial da vida. E o essencial da vida é o conteúdo e não o rótulo.

E Eleonora o que aprendeu?

Aprendeu que, por mais que outros pudessem lhe ajudar, a atriz principal de sua história não poderia ser ninguém mais ninguém menos do que ela própria.

Conto: Relação de Ouro!
Inspiração: A Galinha dos Ovos de Ouro

O casal de lavradores sempre fez questão de compartilhar o início do dia se refestelando em um café da manhã, que não perdia em nada para aqueles servidos nas melhores pousadas da região. Cortavam frutas, faziam suco de laranja, omelete com bacon, café fresquinho e pão caseiro de centeio. Haviam feito a opção, assim como muitos casais modernos, em não terem filhos. Desejavam se dedicar um ao outro e às atividades que lhes dessem maior prazer e sentido à vida. Gael, um verdadeiro apaixonado por bichanos, era responsável pelos animais da pequena propriedade. Amelinha cuidava da diminuta área plantada e se emocionava com o desenvolvimento das plantas.

Estava, porém, cada vez mais difícil viver do campo. O financiamento da propriedade ainda contava com um bom número de anos para findar. O preço das sementes havia disparado graças às oscilações nababescas do dólar. O valor das *commodities* por outro lado despencava na medida em que as vilas vizinhas, que não possuíam DNA de produtores, investiam alto na indústria. De certa forma eles impulsionavam o preço para baixo. Compravam barato os recursos naturais e vendiam caro o produto final agregado de valor – para eles. Nossa vila precisa fazer algo a respeito disso! Será que vale a pena ser o celeiro do mundo?

Manter os animais também não ficava mais barato com o passar do tempo. A fatura da energia elétrica simplesmente havia dobrado de um mês para o outro. Já se sabe que música clássica faz bem para os pintinhos! Muitos culpam a falta de chuva. Dizem que as termelétricas, ao contrário das hidroelétricas, produzem energia a um preço menos simpático à população. Pode até ser verdade, mas o que chocava o casal é que, mesmo na época em que chovia torrencialmente, a energia jamais diminuiu de preço. Incongruência aritmética? Insaciedade de arrecadação? Jamais saberemos...

Apesar dos aumentos abusivos, Gael e Amelinha sabiam como viver suas vidas sem se deixar horrorizar pelos desmandos na vila. Sabiam que, apesar de tudo parecer estar conectado, existiam escolhas individuais que não podiam ser contaminadas por qualquer outro ente, político ou econômico, a não ser pela própria consciência de cada um.

Trabalhavam com afinco! Se realizavam todos os dias, prezando pela qualidade de sua vida. No caso de alguma necessidade, mantinham uma carteira de vultosos investimentos caso fossem obrigados a dar uma guinada em suas vidas. Seus portfólios contavam com investimento pesado na relação entre ambos. Cultivavam seu amor! Investiam também em alimentação saudável e natural, não eram veganos, mas grande parte da ingestão de calorias vinha da propriedade. Investiam em conhecimento, compravam livros, frequentavam palestras e *workshops* sobre os assuntos que mais lhe interessavam. Jamais deixaram de investir nas amizades, não passavam um final de semana sequer sem convidar os amigos para uma visitinha. Enfim, investiam tudo o que tinham de melhor naquilo que acreditavam que valia realmente a pena. E o dinheiro?

Gastavam tudo o que "ganhavam." Ganhavam? Ganhar não seria o verbo mais apropriado para o cotidiano do casal. Levantavam cedo e trabalhavam arduamente. Não ganhavam nada, de ninguém. Produziam suas vidas com a força dos músculos das pernas, dos braços, e da mente. Desejavam que a situação da vila não estivesse tão difícil, se preocupavam com o índice crescente de infelicidade. Algumas pessoas não suportam fazer concessões de ordem pecuniária. Elas acreditam piamente que viver com menos é viver pior. Verdade questionável!

Como de costume, dez e quinze o casal já estava em seus aposentos se preparando para mais uma noite tranquila de sono. Não há nada como dormir no campo. Orfeu se deleita com os sons da natureza. Conversavam por alguns instantes, não tinham afinidade com a vida dos personagens da novela, o que lhes causava certo distanciamento das pessoas em algumas conversas fugazes que por ventura eram obrigados a ter, mas sempre queriam saber um da vida do outro. Não deixavam de atualizar o *software* da relação.

Metade da madrugada já havia transcorrido quando, acordam assustados com a algazarra. A luz resplandecente irrompe pela janela, fazendo com que a escuridão pertinente ao horário, desse lugar a uma luminosidade que cegava suas vistas. Será que o dia havia de ter chegado mais cedo?

Alheios aos acontecimentos não tiveram opção se não saltar da cama e correr rumo à porta de entrada. Escancaram a porta aberta e seus corações pulsam em contemplação. Uma grande abóboda dourada toma conta do galinheiro. A luminosidade hipnotiza o casal, que de tão atordoados não sabem o que fazer. A palidez de Gael sinaliza o medo latente de um ser humano que não sabe com o que está se deparando.

Num estalar de pálpebras a luz desaparece. As galinhas retomam o silêncio e o casal fica se perguntando se apenas sonharam o mesmo sonho. O fato de estarem tão distantes de onde começaram a dormir lhes dá a convicção que alguma coisa, para a qual eles não tinham explicação, havia acabado de acontecer. Menos tenso, Gael decide visitar a casa das galinhas. Amelinha, por outro lado insiste que ambos deveriam retomar o sono, pois os dias eram bastante demandantes e eles não podiam se dar ao luxo de gastar energia sem necessidade.

Gael concorda com a insistência da esposa, mas mesmo se dirigindo a cama se pergunta se um curto circuito poderia ter causado tal fenômeno visual. No dia seguinte como de costume, levantam-se juntos e enquanto a esposa prepara o desjejum, Gael apanha alguns ovos. Geralmente sua visita ao galinheiro não era demorada logo no início do dia e Amelinha já estranha a ausência do marido no começo da comilança.

Decide então procurar pelo amado, e, ao chegar ao galinheiro vê o marido agachado com as costas grudadas à porta de entrada. Mãos espalmadas junto ao rosto. Tem a impressão que ele chora. Quando percebe a presença da esposa Gael se levanta e diligentemente afasta os polegares abrindo as mãos. Novamente a aura dourada!

— Isto é que eu estou pensando que é Gael? Balbucia a assustada Amelinha.

Gael espreme a boca, mordiscando internamente os lábios, olha diretamente para ela e apenas acena positivamente com a cabeça.

— É ouro mesmo... Deixe-me pegar, exige ela.

Quando Gael passa o ovo para as suas mãos, os braços de Amelinha fraquejam. Os bíceps tremulam com o peso da riqueza.

— Como ele é pesado... Quantos quilos deve pesar isso aqui, Gael?

— Tenho a impressão que é maciço... Deve pesar pelo menos uns sete quilos.

— Sete quilos! Berra Amelinha. Quanto valem sete quilos de ouro?

— Uma chácara igualzinha a esta nossa, responde Gael.

De volta à mesa do café, o silêncio incomum aos parceiros poderia ter sido evitado, caso seus pensamentos não fossem surrupiados pela tentação de imaginar qual seria o destino que dariam a estocástica fortuna.

Amelinha, contrária a sua vocação intimista e parcimoniosa, adere ao estilo consumista. Torra o dinheiro em roupas, acessórios, comidas e estética.

Gael já se imagina um grande empresário, que só se veste com terno e gravata. Torna-se proprietário de um grande latifúndio com inúmeros empregados. Dezesseis horas de seu precioso tempo são insuficientes para administrar a grandeza do negócio.

O barulho seco da xícara ao se espatifar no chão de madeira os ajuda a recuperar suas humanidades. Assustados, os dois se olham e sentem vergonha do que se permitiram pensar. Pela primeira vez, desde que se conheceram, não compartilharam a refeição. As carcaças presentes! Os espíritos ausentes!

Apesar da tentação, o ouro só contribuiu para deixá-los ainda mais enamorados.

Desde aquele dia, toda manhã, além de compartilharem o café o casal também recebe a visita do carteiro. De lá ele sai com uma caixa, que invariavelmente pesa sete quilos e que tem como destino algum ser humano de uma região pobre do planeta.

Gael e Amelinha não precisam de ovos que não sejam para comer, pois já são extremamente ricos...

Conto: Equilíbrio de Forças!
Inspiração: O Burro e o Cavalo

Era no jantar que o casal conversava sobre o caminhar de suas vidas. Bruna estranhou que Carlos, um amante das prosas e dos versos, revirava silenciosamente a comida em seu prato, ajustando minuciosamente os hiatos deixados entre o feijão, o arroz, a coxa de frango e os tomates. Será que ao ajeitar carboidratos, proteínas, lipídeos e minerais ele também quisesse o organizar seus próprios pensamentos?

Bruna assistia a tudo amaviosa, desejando ter poderes mágicos para interpretar a comunicação latente do marido.

O tilintar agudo dos talheres assoviava em seu ouvido.

— Meu bem, você já ouviu falar em Esopo? As fábulas de Esopo? Pergunta, com cautela, o marido.

Sem entender o verdadeiro interesse do questionamento, mas com a clara intenção em aumentar a celeridade das notícias, Bruna responde monossilabicamente.

— Não!

— Esopo viveu na Grécia antiga e escreveu uma série de fábulas. Algumas delas viraram desenhos infantis e são popularmente conhecidas. Uma delas é a formiga e a cigarra.

— Essa fábula é muito popular, concorda Bruna. As formigas trabalham duro enquanto a cigarra curte a vida, não é?

— Essa mesma, Carlos assente com a cabeça. Praticamente todo mundo conhece essa fábula. Também é dele A lebre e a tartaruga, A galinha dos ovos de ouro...

— Eu conheço todas essas, repete indistintamente Bruna, sem mostrar predileção por nenhuma em especial. Mas não sabia quem era o autor. — Elas estão no inconsciente coletivo de minha geração.

— Os contos de Esopo têm essa peculiaridade. Através de fábulas, cujos personagens têm a característica de serem animais, ele desvela um mundo de ensinamentos e moral que pode muito bem servir de fonte de aprendizado até nos dias de hoje.

— Mas por que você está me dizendo tudo isso, pergunta Bruna munida de seu sexto sentido estritamente feminino, percebendo que deveria haver um motivo mais complexo por trás da explicação do amado.

Fingindo não escutar o questionamento da esposa, Carlos prossegue.

— Existe uma fábula na qual ele conta a história de um cavalo e um burro. Você conhece essa?

Bruna, que a esta altura já havia se sentado na beirada de seu assento, quase se apoiando com os joelhos ao chão, não resiste e arrasta a cadeira bem próxima ao marido, em um comportamento que deixava transparecer a mistura nitroglicerinada de sua curiosidade com o instinto maternal de proteção.

De boca fechada e ouvidos abertos, ela respira ofegantemente. Carlos percebe a ansiedade feminina e continua.

— Nesta fábula, Esopo conta que o cavalo e o burro seguiam rumo à cidade. O cavalo, contente da vida, carregando uma carga de quatro arrobas, enquanto o Burro, gemendo de dor, com uma carga de oito arrobas.

— Mas que injustiça, dispara Bruna. — Por que eles não dividem o peso? Que belo de um mau caráter esse cavalo...

— É exatamente isso que o Burro propõe. Que ambos dividam o peso, carregando seis arrobas cada um. Obviamente o cavalo declina da proposta, mas o burro insiste em sua linha de raciocínio. Se por acaso acontecer algo comigo, você já pensou que terá de carregar todas as doze arrobas sozinho?

— De burro esse burro não tem nada, exclama Bruna. — E o que aconteceu? Qual a moral da fábula?

— Dito e feito. De tão cansado o burro não aguentou. Caiu e se esborrachou! Sobrou para o cavalo a incumbência de carregar todo o peso sozinho.

— Bem feito pra ele, comenta Bruna distraída a ponto de quase esquecer que a conversa toda deveria ter algum propósito diferente do que apenas uma lição sobre a escrita milenar de um grego com uma imaginação pra lá de fértil.

Após um breve silêncio, ela recobra sua atenção, indagando Carlos.

— Mas por que você está me contando isso? Pergunta Bruna, lembrando o estado de quietude dele antes de começarem a conversar.

— A crise chegou lá na empresa, cabeças rolaram. A minha foi uma delas. Não sei se conseguirei me recolocar tão cedo. O mercado está péssimo. Eu também! Como iremos fazer com tantos compromissos assumidos? A escola das crianças, a natação, o balé e o inglês. E a conta de luz, que sobe mês a mês? E a televisão a cabo? A *pizza* do final de semana? As prestações do carro? As roupas? A diarista? O mercado? O tomate tem subido mais que a luz. E todo o resto?

A nossa vida tranquila? Não sei quando irei conseguir trabalhar novamente! Não temos economias!

— Você já ouviu falar em Viktor Frankl, pergunta Bruna, desviando a espiral negativa na qual o marido havia acabado de embarcar.

— Viktor Frankl? Responde ele surpreso. —Quem é esse? Tem alguma a coisa a ver com Esopo? Tem alguma coisa a ver com a minha demissão?

— Jamais pensei a respeito, mas acho que ele tem muito a ver com Esopo. Ambos escreveram obras fantásticas que reverberam fortemente dentro da cabeça de um bocado de pessoas. E também tem muito a ver com sua demissão.

— Frankl não era grego e sim austríaco, explica ela. — Viveu no século passado. Era judeu. Foi preso pelos nazistas e viveu mais de dois anos em vários campos de concentração. Perdeu toda a família para a guerra; sua esposa, seus pais e irmãos. Perdeu seu corpo, que era torturado diariamente pelo frio intenso, pelo cansaço e pelas longas horas de trabalho escravo às quais era obrigado a se submeter a fim de não ser sacrificado nas câmaras de gás. Mas, tem uma coisa que ele não perdeu.

— O que exatamente, pergunta Carlos se esquecendo do próprio sofrimento?

— A dignidade de ser um ser humano. A crença na força interior de uma pessoa, que como protagonista de sua própria vida decide assumir os riscos de sua existência. Por várias vezes ele questionou seus colegas de confinamento, que afirmavam que a vida não tinha mais nada a lhes oferecer, com perguntas como: E o que você tem a oferecer para a vida?

— Por isso Carlos, continuou Bruna, — lembre-se do motivo pelo qual estamos juntos. Temos algo a oferecer para a vida! Temos nossas filhas e vamos fazer por elas tudo o que estiver ao nosso alcance para ensiná-las que elas devem lutar pelas conquistas que tanto almejam. Nossa atual crise não é maior do que a vivida por Frankl! Ainda assim ele não só sobreviveu como viveu até os noventa anos, ajudando e inspirando pessoas em todo o planeta. Talvez não sejamos tão brilhantes ou bem-sucedidos como ele foi, mas nem por isso nossa vontade em fazer algo especial de nossas vidas deva ser vista como menor ou com menos importância.

— Levantaremos amanhã pela manhã e faremos o que nossa espécie faz de melhor. Vamos nos adaptar! Abraçaremos as novas exigências com o afeto dispensado às melhores e às mais encantadoras das jornadas. E juntos, eu, você e nossa família viveremos como sempre vivemos, nos amando, nos ajudando, nos respeitando e colaborando para o bem comum. Não seremos como o cavalo da fábula!

— Deixaremos de assistir a TV, podemos usar o tempo para ler — não há dúvida que aprenderemos bem mais. Pizza feita a oito mãos em casa fica mais saborosa que a da pizzaria — usaremos mais tomate de verdade e menos industrializado, apesar do preço. Dançaremos as músicas que nós mesmos cantarmos, o balé pode esperar! Sabemos o suficiente de inglês para sermos os professores de nossas filhas. Não precisamos de roupas novas, já temos o suficiente para pelos menos os próximos três anos. Quem precisa de diarista quando podemos compartilhar as tarefas de casa? Eu lavo, você passa, as meninas dobram e guardam. A louça haverá de se haver com cada um de nós — não deixaremos prato sobre prato. Pagaremos o carro se pudermos. Quem não aprecia uma bela caminhada ao entardecer, mesmo que seja voltando da escola ou trabalho. Jantaremos à luz de vela, é romântico e barato — dupla função. Gastaremos menos com supérfluos e investiremos mais em superimportantes.

— E quando, finalmente, essa crise passar... Vamos nos preparar para a próxima, que com certeza há de vir!

Conto: Ferroadas da Vida!
Inspiração: O Urso e as Abelhas

— Se eu não tivesse me jogado na lagoa, as abelhas teriam acabado comigo, doutora — relata o corpulento urso pardo, com o olhar voltado para o chão do consultório como se buscasse uma explicação para seu ato raivoso e impensado de destruir o tronco onde as abelhas guardavam seu mel.

— A senhora sabe o quanto dói uma picada de abelha? Imagine então uma porção delas. Corri o mais rápido que pude, mas elas são muito velozes. Nem o meu pelo espesso foi capaz de refrear o ataque orquestradamente simultâneo. Percebeu que eu tô sentado de lado?

— Nunca fui picada pelas abelhas. Uma vez fui picada por uma vespa. Mantemos um relacionamento harmonioso em nossa árvore. As corujas sempre respeitaram as abelhas e vice-versa. Pra você ter uma ideia, nunca experimentei o mel. Parece viscoso e pegajoso demais. Grudaria em minhas penas. Ademais, preciso cuidar da minha glicemia.

— O mel é tão gostoso. O Néctar dos Deuses. E por causa dele, tô todo estropiado!

— Mas me conte exatamente o que aconteceu. Desde as últimas sessões tenho percebido que você anda um tanto inseguro, por vezes tenso. Quem sabe triste!

Por um momento os dois se calam e apenas se olham. Lágrimas escorrem pelas laterais dos grandes olhos amendoados do urso. Carla, sua terapeuta, tem grande experiência no manejo terapêutico. Permanece imóvel com os olhos fixos em Tadeu. Ela frequentou a primeira turma da escola de Psicologia para Corujas da mata. Tem tanto conhecimento em comportamento animal que sabe que o silêncio e as lágrimas representam a angústia de um ser em desespero.

Ela permanece quieta como se quisesse dar vazão ao transbordamento emocional de Tadeu. O único movimento que se permite fazer é o de lhe oferecer lenços de papel para represar a cascata de sentimentos. Três caixas inteiras consumidas em menos de um minuto. A dor de Tadeu é profunda.

— Tô me sentindo muito mal, muito mal — repete ele. Não estou falando das picadas, estas vão sarar com o tempo. Tô falando da dor que sinto aqui dentro diz apontando para o peito. Às vezes parece que não vou conseguir respirar.

— Me conte o que está se passando dentro deste coração, aproveite o momento e deixe as emoções fluírem, seguindo seu curso para fora de você, diz Carla ajustando seus óculos finos e retangulares que insistiam em escorregar para a ponta de seu bico pontiagudo.

— Não tô aguentando a solidão. Tô muito triste! Acho que jamais me senti tão triste assim.

— O que o tem deixado tão triste?

— Pra ser bem sincero, os meus amigos ursos. Eles têm me deixado muito triste. Parece que a minha relação com eles degringolou nos últimos anos. Se antes eram raros os momentos em que ficávamos distantes, hoje parece ser a tônica de nossas relações. Raramente nos vemos. É um encontrinho aqui, um jantarzinho acolá, tudo tão rápido e fortuito que não conseguimos conversar muito além das futilidades. Parece que nossas relações têm apenas um caráter estético utilitarista funcional. Só servem para ser postadas.

— Como assim, aprofunde sua reflexão.

— Eu acho que tudo isso é o sinal dos tempos. Veja que coisa interessante. Antes do computador, vivíamos perambulando pela mata. Metíamos literalmente nossos narizes onde não éramos chamados. Você acha que essa foi a primeira vez que fugi das abelhas? Costumávamos importuná-las quase todos os dias. Valia a pena. O mel era a recompensa pelo comportamento atrevido. Nenhum dos ferrões diminuía a intensidade da alegria pela aventura compartilhada. Nós nos reuníamos para simplesmente celebrar o fato de sermos Urso, e agíamos como Ursos na mais pura acepção da palavra. Depois da tecnologia tudo mudou. Passamos a nos comportar como qualquer outra coisa, menos ursos. Deixamos de nos conversar, o *e-mail* era mais rápido e funcional. Agora com o celular então, nem mais uma palavra ao vento, apenas o roçar de dedos e o foco do olhar para a telinha. O telão nos calou e nos uniu, a telinha nos calou e também nos separou.

— Continue.

— Aprendi na escola que eram as relações dialéticas que nos permitiam o desenvolvimento como espécie. Eu com minhas teorias, você com as suas e na junção dialética dessas visões chegávamos a compreensões que não seriam possíveis caso vivêssemos sozinhos, ensimesmados, abandonados a nossa própria sorte e reflexão. Agora me conte uma coisa, Doutora, onde é que eu acho algum

Urso com tempo e conteúdo suficiente para estabelecer relações dialéticas hoje em dia?

— Ninguém tem mais tempo pra nada. Quem se desvencilha dos milhares de afazeres para ler um pouquinho, acaba sem tempo para interação. Menos mal, pelo menos estabelecem conversas mais aprofundadas com os autores que leem. Mas e o restante dos Ursos? Sequer tem tempo para ler. Sequer tem vontade de ler. Onde está a dialética! A dialética morreu! Pobre Sócrates. É na falta de vontade alheia que reside parte de minha tristeza. Eu sei que não tenho poder de mudar os outros, que a única faculdade psicológica que posso minimamente controlar é a minha própria percepção acerca dos outros. Mas acho isso muito pouco! Se eu tivesse poderes mágicos institucionalizaria a dialética. Dialética em casa, dialética no trabalho, dialética na vida.

— O que você quer dizer com a falta de vontade alheia?

— Os meus amigos Ursos estão completamente perdidos. Este é o resultado da falta de dialética! Querem ser aquilo que acham que deveriam ser, ao invés de ser aquilo que realmente são!

— Continue o aprofundamento.

— Vejo tantos Ursos idealizados por esta mata

quantas folhas de árvores caídas ao chão. Você acha normal um mundo nos qual os ursos dispensam mais tempo às redes conversando com fantasmas do passado ao invés de deitados nas redes de crochê contemplando a vida? E eles ainda reclamam da falta de tempo para dormir. Ou seja, ninguém está plenamente dormindo e ninguém está plenamente acordado. Institucionalizamos o modo zumbi urso de ser.

— Eu sei que às vezes pareço ser um tanto saudosista e que aqueles tempos em que brincávamos na beira do rio, correndo e capturando salmões não voltam mais. Ainda me lembro do gosto adocicado e da cor vermelha negra das amoreiras e o quanto elas manchavam nossas roupas. Cada peça de roupa tingida naturalmente era motivo para um puxão de orelhas por parte de mamãe. No fundo ela era feliz como o nosso comportamento ursídeo. Como eu amava aqueles puxões de orelha. Hoje em dia em compensação tem Ursinho que nunca andou em uma trilha. Vivem dentro do condomínio. Nunca viram uma amoreira. As amoras só vêm em caixas plásticas atualmente. Sei que aqueles tempos não voltam mais, mas será que precisávamos pender tanto para o outro lado da escala. Chegamos ao ponto no qual boa parte dos Ursos não consegue discriminar suas próprias emoções. Viramos ou não viramos zumbis! Sem emoções.

— E aqui estou eu, vivendo em mundo que surrupiou meu melhor amigo e lhe deu como recompensa uma máquina de computar. Claro, também perdi amigos para as insígnias. Como os Ursos adoram uma posição! Não era assim há pouco tempo atrás. Naquele tempo éramos apenas Ursos. Ursos com desejos e vontades próprias que se encantavam em compartilhar suas felicidades e também suas frustrações. Urso frustrado hoje em dia? Nem pensar! O que diriam os semideuses da Resiliência. Ô palavrinha abominável essa! Resiliência — capacidade de deixar de ser quem realmente se é, e se tornar um zumbi anomio e alexitímico.

— Acho que foi por isso que perdi o controle esta manhã. Uma ferroadinha de nada fez com que eu visse as abelhas como minhas inimigas mortais. Não consegui me controlar. Queria destruir aquele tronco com todas as minhas forças. Só recuperei meus sentidos quando o veneno dos ferrões começou a queimar em minha pele. Será que é essa a dor do entendimento? Ela queima na pele?

— O que você acha de tudo isso Doutora Carla? Preciso de controlador de humor? Será que sou bipolar? Algum ansiolítico em vista? Quem sabe um sossega Urso?

— Tadeu. Você pensa, sente, se comporta, se emociona, se frustra, age, fica imóvel, se arrepende, fica alegre, se entristece. Para mim você não passa de um Urso extremamente normal. Por isso, nada de medicação. A minha única recomendação é que continue sua terapia como forma de auxílio para lidar com as ferroadas que a vida ainda tem para lhe oferecer...

SOBRE O AUTOR

Luís Fernando Milléo é Psicólogo Clínico, Conferencista e Escritor.

Contato do autor: luismilleo@gmail.com

Site: www.luisfernandomilleo.com.br

Facebook: Luís Fernando Milléo

Youtube: Luís Fernando Milléo

SOBRE O LIVRO
Tiragem: 1000
Formato: 14 x 21 cm
Mancha: 10 X 17 cm
Tipologia: Humanst521BT 10,5 / 14 / 18

Papel: Pólen 80 g (miolo)
             Royal Supremo 250 g (capa)